## ★INHALT★



Kamisama★Darling 3

Kyoko Aiba

KAMISAMA DARLING
KAPITEL
8

GRUMMEL
GRUMMEL
GRUMMEL
...
KRITZEL
KRITZEL
KRITZEL
KRITZEL
Arrrgh, ich halt es nicht mehr aus!!
UMPF!
WHUPP
Aoi! Jetzt komm schon!!
Ich hab dir doch gesagt, du sollst mich nicht stören!!
ICH HAB BALD ABGABE-TERMIN!
Mir ist aber so lang-weilig!

Was glaubst du eigentlich, wer schuld daran ist, dass ich mit meinem Bericht so spät dran...
Uah!
Ach, den kannst du hinterher auch noch fertig schreiben.
Wie willst du es lieber? Ein schnelles Nümmerchen oder eine ausgiebige dreistündige Session?
FUMMEL
FUMMEL
Keins von bei- dem!!
Also mir wäre beides...
Örgs ...

Ebisu!
Was soll denn das am helllichten Tag?!
POFF
Daikokuten und Ebisu-ten ...
W... Willkommen zurück!
UND DANKE!
Aua ...
Endlich bin ich mit all der Arbeit fertig, die sich angesammelt hatte...
Gibt's irgendwas Neues?

Ähm...
WO FANGE ICH AM BESTEN AN...
TRAP TRAP
?
!
Hey, Aoi, spielst du mit mir?
Lass mich!
Benzai-ten und Bisha-mon!
Bisha-mon-ten und Ben-zai-ten ...
Bishamon wollte zur dir!
Da bin ich mitge-kommen! ♡
GYAH♡
Aoi...
... heute habe ich dir Tulpen mit-gebracht.
IN DER SPRACHE DER BLUMEN STEHEN SIE FÜR »EWIGE LIEBE«.
Danke ...
O... Okay ...
Ich wollte eigentlich alleine kommen!
Na, so was, Ebisu?
Was macht ihr denn hier?
Dasselbe frag ich dich, wieso bist du hier, Ebisu?!

Als Zeichen meiner Gefühle zu dir.
Wie ihr seht...
... wimmelt es in meinem Haus momentan nur so von Göttern.
Warum musstet ihr jetzt auch noch herkommen?!
FREU
FREU
FREU
FREU
Mein Bericht ...
SEUFZ
Wenn dir was nicht passt, dann verschwinde doch, ich kümmere mich schon um Aoi.
GYAH
GYAH
Geht's noch?! Ich war zuerst da!!
Ausgerechnet heute, wo Aoi mal den ganzen Tag zu Hause ist!!
Deshalb sind wir ja
ekommen!

Seid still!!
Mir reicht's, ich gehe!
RASCHEL
RASCHEL
RASCHEL
Und rennt mir bloß nicht nach, ich muss meinen Bericht schreiben!
Wehe!!
WHAMM
KLAPPER
...
Oh Mann, die sind allesamt so egoistisch!
Dabei hab ich jetzt echt keine Zeit für so was!

14 Uhr... Die Bibliothek schließt in vier Stunden.
SEUFZ
Schaff ich das bis dahin?
Meine Eltern sind schon tot, meine Groß-mutter lebt im Altersheim.
Das Haus meiner Groß-mutter habe ich ganz für mich allein und könnte so ein ruhiges Leben führen.
DER HOCH-SOMMER IST DA...
...
RASCHEL
RASCHEL
Es ist lange nicht mehr so lebhaft bei mir zugegangen, das macht ja auch Spaß, aber...
... irgendwann reicht es auch mal!
LÄRM
NICHT DA. →

Es ist schon verrückt, dass ich diesen nicht alltäglichen Alltag...
... und die Tatsache, dass sie Götter sind, einfach so akzeptiert habe...
Und es gibt noch drei von denen.
Was, wenn die sich alle bei mir versammeln?!
Rumms
... aber was bleibt mir auch anderes übrig, wenn ich sie jeden Tag mit eigenen Augen sehe.
KLAPPER KLAPPER

Ah...
APANISCHE GÖTTER
FLAPP
Das Buch, das ich mir ausgeliehen hatte... Das hab ich ja ganz vergessen...
BEVOR ICH WEITERSCHREIBE ...
...
... NUR EIN BISSCHEN...
Daikokuten.
KU-TEN
Einer der sieben Glücksgötter, zuständig für Glück und Wohlstand, trägt einen großen Sack und einen Glückshammer bei sich.
Auch bekannt unter dem Namen »Ookuninushi no Mikoto«.
Ach, tut er das...?

Ookuni-nushi no Mikoto.
Der Gott, der Japan gegründet hat.
Auch bekannt als der Gott der Eheschließung, das erklärt auch seine Darstellung als gut aussehenden Mann.
Ein außergewöhnlich wollüstiger Gott von unübertroffener Schönheit und Leidenschaft, deshalb ein begehrter Liebhaber.
Man sagt, er habe unzählbare Liebesaffären mit Frauen gehabt.
UAH...
Der Gott der Eheschließung...
Aber warum denn dann die Wollust als Charaktermerkmal?

Tja, wollüstig ist er ja nun wirklich.
Was?
Aufgrund seiner Liebes-affären zog er sich den Groll seiner Brüder zu und wurde mehrfach von ihnen ausge-trickst und getö-tet, ist aber jedes Mal wieder-auferstanden?
Und das hat sich mehrfach wiederholt ...?
JAPANISCHE
WA HA HA HA HA
Mehrfach ausge-trickst?!
Kann es sein, dass er ein Rie-sentrottel ist...?
Da fällt mir ein...
... Bishamon hat auch was davon gesagt, dass er getö-tet wurde.
Und er sagte auch was von einem »Yasogami« ...
Jetzt kann ich auch ver-stehen, warum du schon so oft getötet wurdest.

KLATSCH
HAH
MIST!
Ich muss den Bericht schreiben!
KRAM
KRAM
30 Min. später.
WIRBEL WIRBEL
1 Stunde später.
SEUFZ
Keine Chance...
Ich hätte nicht mit diesem Buch anfangen sollen, jetzt kann ich mich gar nicht mehr konzentrieren...
SCHWITZ
SCHWITZ
SCHWITZ

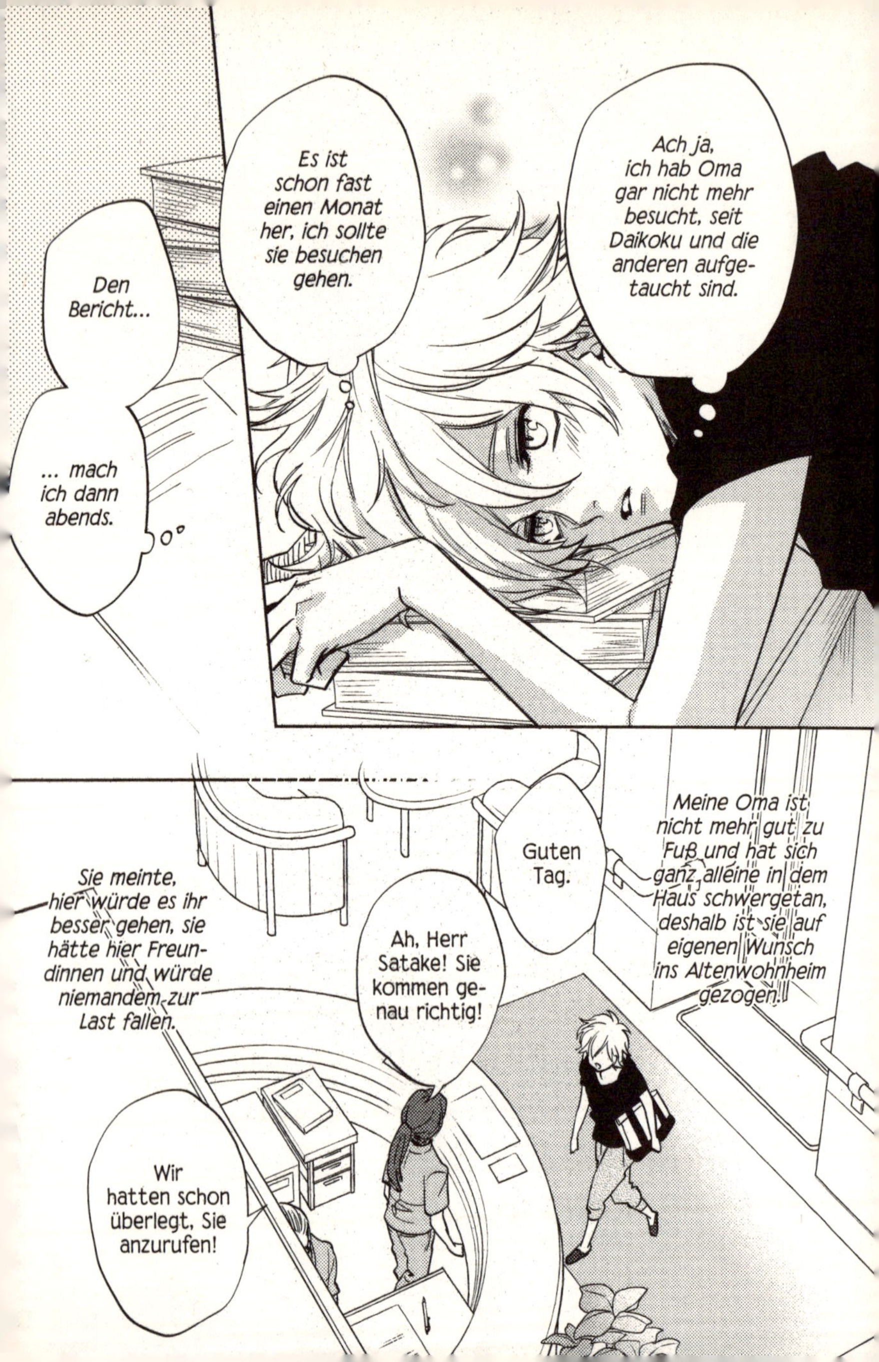
Ach ja, ich hab Oma gar nicht mehr besucht, seit Daikoku und die anderen aufgetaucht sind.
Es ist schon fast einen Monat her, ich sollte sie besuchen gehen.
Den Bericht...
... mach ich dann abends.
Meine Oma ist nicht mehr gut zu Fuß und hat sich ganz alleine in dem Haus schwergetan, deshalb ist sie auf eigenen Wunsch ins Altenwohnheim gezogen.
Guten Tag.
Ah, Herr Satake! Sie kommen genau richtig!
Sie meinte, hier würde es ihr besser gehen, sie hätte hier Freundinnen und würde niemandem zur Last fallen.
Wir hatten schon überlegt, Sie anzurufen!

Oma!
Ist etwas passiert?
WAS?
Also...
Aoi! Was machst du denn...
Man hat mir gesagt, du hast dich verletzt?! Was ist denn passiert?!
UAH
Ein Verband?!

SEUFZ
Meine Güte, ich hab ihnen doch gesagt, sie brauchen dir nichts zu sagen!
I... Ist was gebrochen?!
Geht es dir gut?
Alles in Ordnung! Ich bin nur ein bisschen gestolpert, keine große Sache!
MEINE GÜTE...
HAH
Warum hast du mir denn nichts gesagt!
Wenn doch nichts gebrochen ist, warum sollte ich dich extra anrufen?
Außerdem bin ich froh um die kleine Verletzung, mein Freund Okukawa hat mir nämlich Blumen geschenkt!
HI HI HI...
HERR OKUKAWA (GUT AUSSEHENDER MANN)
Omaaa ...
Das nächste Mal sagst du Bescheid, wenn etwas ist!
SCHNAUB
Sei endlich still, Enkelchen!

Oma!
Deshalb habe ich nichts gesagt, weil du dir immer gleich Sorgen machst!
Dabei bist du doch genug mit dem Studium beschäftigt!
Kümmer dich lieber darum statt um mich!
Oma...
Aber ich...
Lass mich doch!
Du bist schließlich meine einzige Angehörige!
Wenn ihr etwas passieren würde...

Ich...
WHUPP
Oh, da bist du ja, Aoi!
?!
Hier steckst du also!
Ich wollte dich abholen kommen, weil es schon so spät ist!
Oh, Daikoku, wie schön!
?!!!
Hey, Oma, geht's gut?

Daikoku?! Oma?!
WIESO KENNT IHR EUCH?!
Wieso wieso ...?
Er kommt mich hin und wieder besuchen!
HO HO HO
Was?!
Ist doch selbstverständlich, dass ich mich der Verwandtschaft meiner Braut vorstelle!
KICHER
Oma, es ist alles ...
Wenn Daikoku dein Gatte wird, bin ich ganz beruhigt, Aoi!
Äh, das mit der Braut hättest du jetzt nicht zu sagen brauchen!
JA!
Genau! Da kannst du auch völlig beruhigt sein!
...

Was ist dir eigentlich passiert? Dein Arm?
ACH, NICHTS WEITER!
Ich bin nur gestolpert und hab mir ein bisschen wehgetan!
O...
Oma hält das alles nur für einen Scherz.
Ein Glück... oder ...?
ZACK
Zeig mal her.

W...
Was machst du da ...?
SCHWITZ
SCHWITZ
DU KANNST DOCH NICHT EINFACH DIE SCHLINGE ABNEHMEN?!
Ist wohl etwas verstaucht?
HAH
FLASH
Und?
Jetzt tut es nicht mehr weh, oder?
!
Oh, es scheint tatsächlich wieder gut zu sein?
Wie ist das möglich?
!!
SCHOCK
E...
Er beherrscht die Osteopathie, oder irgendwie so was!!

Ach ja...?
NICK
NICK
Ich kann ja schlecht sagen...
Ja...
... dass er wirklich ein echter Gott ist!
SCHNAUB
Danke, Daikoku!
Ich freu mich!
Daikoku...
...

So...
... gehen wir, Aoi!
Ah ja.
Bis bald, Oma!
Oma!
Ich komme bald wieder, ja?
Und ruf an, wenn irgendwas ist! Versprich mir das!
Jaja.
Ah... Daikoku?
Mh?
WINK
Was denn?

FLÜSTER
Kümmer dich gut um Aoi, ja?
Sonst macht er sich dauernd nur Sorgen um mich.
Ja, verlass dich auf mich.
RASCHEL

Zu Fuß gehen ist hin und wieder gar nicht so schlecht!
Ich finde es seltsam ...
... neben ihm zu laufen.
Was wollte Oma dir denn noch sagen?
Sie hat sich nur bedankt, dass ich ihre Verletzung geheilt habe.
Aha.
Ähm ...
Ich bin dir auch echt dankbar.
Wenn meiner Oma irgendetwas passieren sollte...
Sie ist die einzige Angehörige, die ich noch habe.

Warum...
Meine Eltern sind tot und andere Verwandte habe ich auch nicht mehr.
Oma ist wirklich die einzige.
... erzähle ich Daikoku das?
Als ich erfuhr, dass sie ins Altenwohnheim geht, war ich erst mal echt traurig.
Darüber habe ich doch bisher noch nie mit jemandem gesprochen...
Aber ich muss zur Uni und kann sie nicht pflegen...
Warum...
... deshalb dachte ich, ich muss es eben akzeptieren.
Aber eben... als ich sie mit der Verletzung gesehen habe, musste ich daran denken, dass ich vielleicht einmal ganz allein sein werde... das hat mir Angst gemacht...
DRÜCK
Aoi.

Keine Sorge, deine Oma wird noch ein langes Leben haben.
Und außerdem ...
... bist du doch gar nicht allein!
Ich werde immer bei dir sein.

Du...?
Aber sicher!
Du bist doch meine Braut!!
Auch wenn ich ihn wirklich für einen Trottel halte...
AH! UND WENN WIR VERHEIRATET SIND, SIND WIR DOCH AUCH EINE FAMILIE!
ZOSCH
Ja, stimmt.
... jetzt gerade macht mich das irgendwie glücklich.
...

Gehen wir schnell nach Hause, Aoi!
Ah, nein, die anderen sind ja da...
WAS?!
Die sind immer noch da?!
HM...
Irgendein ruhiges Plätzchen ...
Ah!!
Mh?

SCHWUPP
BLINZEL
Wir sind da!
Wo sind wir hier?
RIESIG...
In meinem Schrein!

Daikokus Zuhause also...?
Was zu trinken ...
Ah, nur alkoholische Sachen.
ALLES OPFER-GABEN.
KLIRR KLIRR
WAH!
Willst du?
N... Nein danke!
Wenn ich es recht bedenke, bin ich hier ...
SCHWITZ SCHWITZ
... in die Höhle des Löwen...
... geraten?!
So!
Waaah!! JA?!
SCHOCK

Ich wusste es...!
ZOOOSCH!
Hier kann uns niemand stören.
Komm, Aoi!
Äh...
Was mach ich denn jetzt?!

Hier.
Das ist mein Schlaf-gemach.
Wah...
Toll, so geräumig!
Gefällt es dir?
Ja.
HAH
Äh!! Was rede ich denn da?! Das bringt ihn doch nur wieder auf dumme Ge-danken!!

Aoi...
...!!
WHUPP
SCHLUCK
SCHWITZ
SCHWITZ
Keine Angst!
...
SCHWITZ
Äh...
Hier wird uns definitiv niemand stören!
LÄCHEL
...
KLAMMER
IN DER HÖHLE DES LÖWEN.

Aaah!!
Keine Panik, es ist doch nicht das erste Mal!
GYAAAAH
H... Hilfe!!
W... Wa... Warte!
Ich kann nicht warten.
Äh... Aber... Also...
SCHMATZ
Komm schon, entspann dich.
Keine Chance!!
Ah...!

W... Was ist mit deiner Familie?!
Leben sie nicht mit dir hier?
Sag mal...
HAAAAH
Was fängst du denn ausgerechnet jetzt mit diesem Thema an?!
A... Aber hier ist doch so viel Platz!
Und du...
... hast doch Brüder, oder?
ZUCK

Ah...
Ähm...
Daikoku ...?
Von wem weißt du das?
Äh...
Warum weißt du davon?!

!
Äh...
?
Ich hab... nur was davon... in einem Buch gelesen...
Hab ich jetzt was Falsches gesagt...?
Ich hab es... wirklich nur überflogen ...
...
... deshalb weiß ich auch nichts Genaues.

Ich sehe ihn zum ersten Mal so.
Ver-stehe.
Tut mir leid.
HAH
Schon gut.
Kein Grund, sich zu entschul-digen.
Äh...
Ich bin nur über-rascht.
PLUMPS

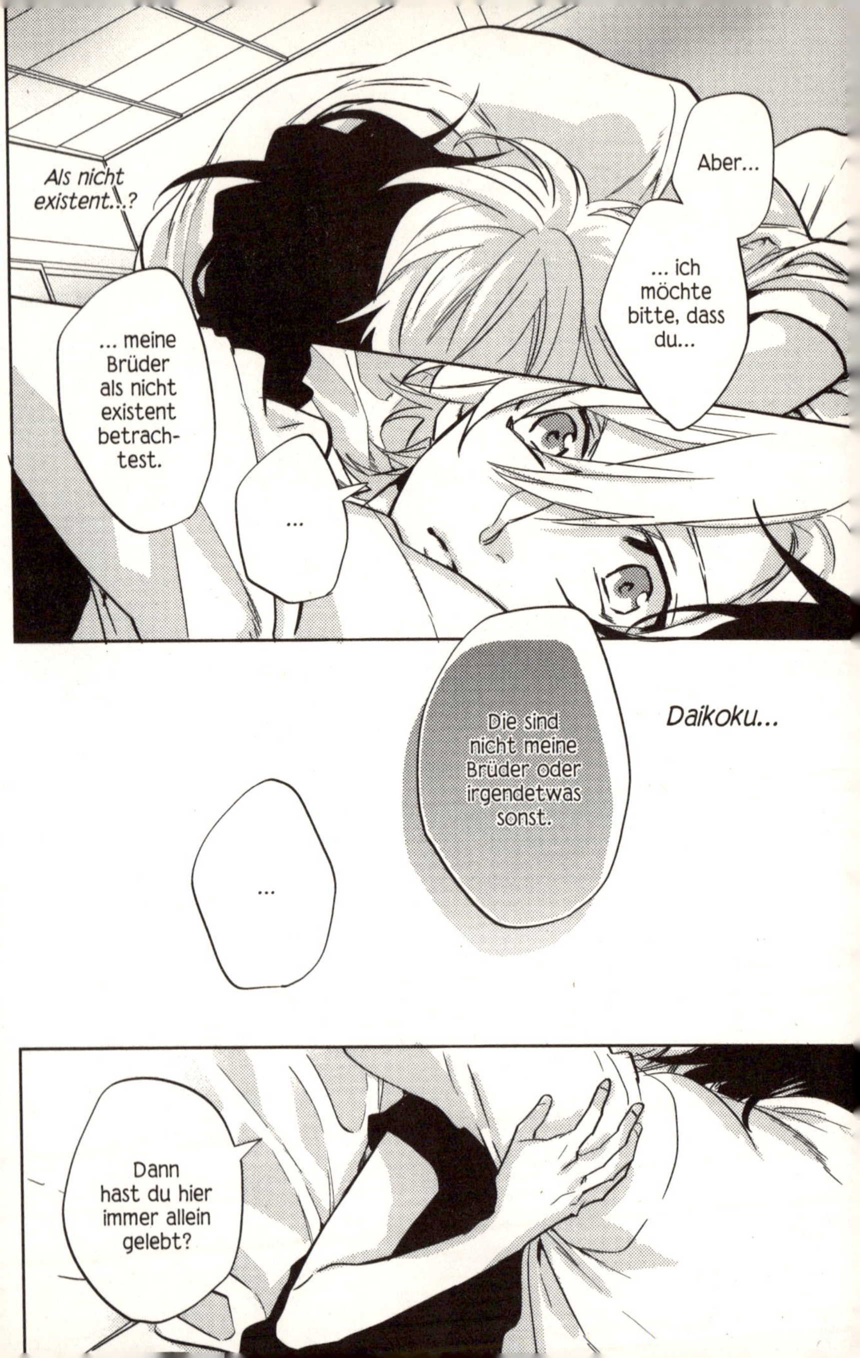
Aber...
... ich möchte bitte, dass du...
... meine Brüder als nicht existent betrachtest.
Als nicht existent...?
...
Daikoku...
Die sind nicht meine Brüder oder irgendetwas sonst.
...
Dann hast du hier immer allein gelebt?

Ja.
In diesem riesigen Haus.
Fühlst du dich da nicht... einsam?
Ganz allein...
Du bist doch hier.
Außer dir brauche ich nieman-den, Aoi.
Wenn du nur da bist, ist alles gut.

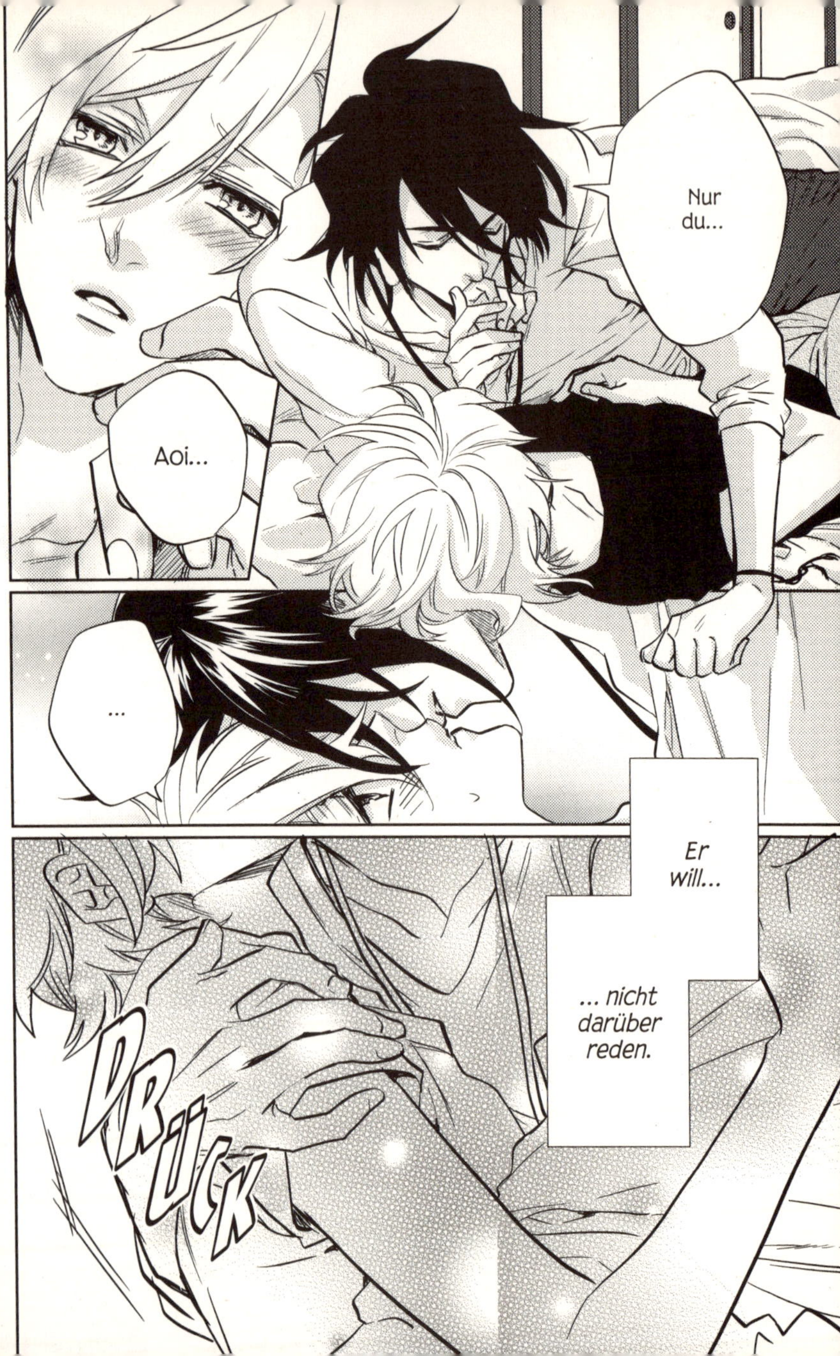
Nur du...
Aoi...
...
Er will...
... nicht darüber reden.
DRÜCK

Mh...!
HAH
FLUTSCH
HAH
FLUTSCH
FLUTSCH
HAH
...!
...!
FLUTSCH
GLITSCH
GLITSCH
Mh!
Was mach ich bloß?
Aah ...
Mir geht das nicht aus dem Kopf.

Ich...

... weiß doch eigentlich gar nichts über ihn...

Es ist schon dunkel geworden.
WHUPP
Ja.
Okay, gehen wir nach Hause!
Hab ich Hunger! Was gibt's heute zum Abendessen?
UND WER IST SCHULD DARAN?
HAH
Äh, nichts... Ich hab nicht eingekauft!
Zum Glück ist er wieder der Alte.
Okay.
Ich...

... würde gerne mehr über ihn wissen, aber...
...
Was ist denn hier los?!
BRÖCKEL
Aaah! Endlich bist du wieder da!
W... Was ist hier passiert?
TRAP TRAP
UND WAS MACHT IHR ÜBERHAUPT NOCH HIER?!
Es war schrecklich!!

Bishamon und Ebisu haben um dich gestritten, Aoi!
Äh?!
SEUFZ
Und da konnte ich nicht anders ...
... ich musste ihnen erst mal eine reinhauen!
Ah, Aoi, du bist wieder da?
SCHWANK
Hat Daikoku dir auch nichts getan?
Uah...
SIE SIND AUFGEWACHT.
DOCH, ABER ...
Ähm...
Es ist schon so spät, geht jetzt lieber...
DESHALB WARTE ICH DIE GANZE ZEIT HIER!
Waaas?! Aber ich wollte doch dein Essen probieren, Aoi!!

Aber... ich hab doch gar nichts da...
Was ?!
Kein Problem! Wir haben alles mitgebracht! ♡
Ist doch selbstverständlich, wenn man bekocht werden will! Fleisch haben wir auch!
Daikoku, du hast natürlich nichts mitgebracht, nehme ich an?
Also echt, du bist nur zum Essen gekommen?!
Du Nichtsnutz!
LÄRM
LÄRM
LÄRM
R...
Ruhe!!
!
POFF
POFF
POFF
Ihr macht einen unerträglichen Lärm, das nervt!
Verschwindet!

Aoi...?
SCHWANK
Vogel...
Ein Vogel!
FLAASH
?!
Magst du Vögel, Aoi?
Ja! Aber ich hab noch nie einen gestreichelt!
HI HI.
Mich darfst du streicheln! ♡
ICH SETZ MICH AUCH AUF DEINE SCHULTER!
Wirklich?!
GRRROL
HYAAH

Aoi...
Ja?
WUSCH
Willst du mal meine Pfoten streicheln?
Am Bauch bin ich ganz fluffig weich!
He, he, was soll denn das?!
FLATTER
HYAAAAH

Sie erscheinen unangekündigt ...
Aoi... du kannst doch, sooft du willst, bei mir...
Vielen Dank! ♡
Mann, diese Idioten!!
... und sind laut und chaotisch, aber...
SCHNURR SCHNURR
AAAAH!♡
...
BRUMMEL BRUMMEL

GRUMMEL
... wenn ich jeden Tag in einem solchen Tierparadies verbringen kann...
GRUMMEL
GRUMMEL
Ich sagte doch...
... Aoi gehört mir!!
Grrr-
Grarr!!
BRÜLL
Miau-miau-miau!!
Krieeeek!!
NICHT NOCH MEHR LÄRM!
Ihr sollt leise sein!!
... finde ich es gar nicht mehr so schlimm.
Ich liebe es mit so vielen Tieren... ♡
★KAPITEL 8★ENDE★

KAPITEL
9
KAMISAMA★DARLING

So...
... kann uns nie-mand mehr stören!
Hier kommt keiner rein!
Liebe Götter, Buddha ...
BIBBER
Uuh...
BIBBER
... bitte rettet mich...
Komm schon, Aoi.
Ein Gott will über mich her-fallen!
Lass uns Liebe machen! ♡
UAAAAH

SCHMACHT
Wie oft soll ich es noch sagen...
... du sollst nicht jeden Tag wieder damit anfangen!
GNNN
Daikoku hat einen Bannkreis errichtet, um die anderen Götter von meinem Haus fernzuhalten...
... und endlich könnte ich die Ruhe genießen...
Nicht?
Und mach nicht dieses Gesicht, Nein heißt Nein!
ICH LASS MICH NICHT MEHR EINWICKELN!
Aber jetzt bin ich noch mehr in Gefahr als vorher!
HMPF.
Dann haben diese Hände ihre Wirkung verloren...?
Nicht nur deine Hände!

Den Bericht habe ich endlich abgegeben und die Sommerferien stehen vor der Tür, deshalb bin ich viel zu Hause...
Meine Güte!
Du solltest dich doch inzwischen daran gewöhnt haben!
Vergiss es!!
... da war ich erst mal froh, dass Bishamon und die anderen nicht mehr einfach hier auftauchen können, aber die andere Seite der Medaille ist...
... dass niemand mehr mir zu Hilfe kommt!
Uh...
Nun ja, eigentlich brauche ich deine Erlaubnis ja gar nicht ...
WHUPP
♡
Wenn das so weitergeht, wird Daikoku...
...!
... jeden Tag wieder über mich herfallen!

PUHA!
Hah...
Und neuerdings sagt er sowieso...
U... Uaaah...
HEPP
Äh?!
DRÜCK
... lauter komische Sachen!
Ich lecke dich!
N...
Nein, nicht lecken!!
Da, schon wieder!!

Wah!
?
Wieso so widerwillig? Männer stehen auf Blasen!
HAB ICH GE-LESEN!
Was weiß denn ich?! A... Aber...
... bestimmt nicht am helllichten Tag!
Spielt das denn eine Rolle?
ZACK
Uah ...
Ich bin gut darin.
ZACK
...!
SCHMATZ
Ah...
SCHMATZ
ZUCK
He...

Dai-koku ...
Nicht ...
Es ist... doch helllichter Tag...
Ist doch gut, wenn es hell ist.
SCHMATZ
GLITSCH
SCHMATZ
So seh ich besser.
N...
Zeig mir alles!
Aoi! ♡
Neiiiin!!
Der hier scheint aber nichts dagegen zu haben.
Dieser lüsterne alte Sack ?!

Ich tue es mit diesem...
HAH
Siehst du, wie sehr er das mag?
Dein Körper ist eben ehrlich.
... komischen Gott, der komische Dinge sagt...
Ah...
Noch nicht... Warte...
... ich muss wohl auch ziemlich komisch sein!
Aah!

Hyah!
Mh...? Hier magst du es, ja?
SCHMATZ
GLITSCH
Nicht... reden...
H... Hah...
Ich sag dir doch immer...
... du sollst das Stöhnen nicht unter-drücken.
Nicht...
Ah...
Hah ...
Ah!
Aaah...!

Aaaaaaah!!
Hach, das war gut!
Wenn das so weiter-geht, bin ich echt am Ende.
In den Sommer-ferien bin ich noch mehr zu Hause, dann machen wir es wirklich jeden Tag?!
UUUH
I... Ich muss irgendwie hier raus...
Mein Körper macht das nicht mit!!
Ä... Ähm, Daikoku?

KRIECH
KRIECH
Ich hab bald Sommerferien...
... wollen wir nicht mal rausgehen?
Mh?
Willst du nicht mal was anderes sehen? Ich meine, seit ich hier lebe, bin ich über das Stadtviertel nicht rausgekommen.
...
Ein Date?
Äh?!
Na ja, ähm... eine gemeinsame Unternehmung eben.
SCHNAUB
SCHNAUB
Also ein Date!
Uh... Na, wie auch immer du es nennen willst ...
Okay, mach dich fertig, Aoi!
WHUPP
Was?!
Es gibt da was, wo ich schon immer mal hinwollte!
TRAP
TRAP
TRAP
WAS? ETWA...
... JETZT SOFORT?

Wo du schon immer mal hinwolltest?
Ins Aquarium?
Ja.
In Freizeitparks kann ich auch alleine. Da kann ich ja alles fahren und es macht Spaß.
IHN KANN JA NIEMAND SEHEN.
Aber hier wäre es allein langweilig.
TOKYO WAR TOLL UND OSAKA AUCH!
Okay... Du warst also allein in Freizeitparks...?
DU ARMER...
Ich war das letzte Mal als Kind bei einer Kur in einem Freizeitpark.

Hier war ich einmal mit meiner Mama.
Da hatte ich sie kurz mal verloren und habe geweint.
Da kommen Erinnerungen auf...
DRÜCK
Wah?!
Was?!
Lass das vor den Leuten!
Es ist doch ein Date?
Keine Sorge!
Die gucken doch alle nur auf die Fische!

Irgendwie ...
WOAH, IST DER RIESIG!
... wirkt Daikoku heute wie ein ganz normaler Mensch.
Ohne seinen Kimono sticht er nicht so heraus.
SCHAU MAL, AOI! HAIE! HAIE!
Und beim Fische-angucken ist er auf-geregt wie ein kleines Kind.
Irgendwie witzig an-zusehen.

Ah...
... ich geh kurz auf die Toilette!
WARTE HIER.
Okay.
SPLASH
SPLASH
PLATSCH
Ein Date im Aquarium ist zwar echt klischeehaft ...
... aber dass ich mal mit einem Gott ein Date haben würde, hätte ich auch nie im Leben gedacht.
HAH
HM...
TRAPPEL
Also doch ein Date?!
Wah...
WHAMM

RUMMS
...!
WUSCH
Uah, entschuldige!
Ein Kind...?
Alles okay?!
...
WAAAAAAH
Alles okay? Tut dir was weh?
Tut mir echt leid, ich war so in Gedanken...
Hast du dir wehgetan?
Weint er?!

Ä… Ähm…
Heile, heile Segen …
…!
Ach Quatsch, das hilft doch eh nichts…
HA HA HA
Alles gut, ich hab mir nicht wehgetan.
Was?
Ich hab mich nur gestoßen.
ECHT NICHT?

Da bin ich aber froh!
PUH
Sag mal, bist du ganz allein? Wo ist deine Mama?
Nicht hier.
Was?!
POFF POFF
Ist er verloren gegangen?
Er hat sicher Angst... Plötzlich ganz allein an einem dunklen Ort...
... das hat mir als Kind auch schrecklich Angst gemacht.
OKAY!
Gehen wir gemeinsam deine Mama suchen!
Äh ...
Keine Sorge! Ich bleibe bei dir, bis wir sie gefunden haben!
Ach, ich bin übrigens Aoi!
...
Wie heißt du?
Daikoku... Ach, den kann ich sicher noch ein bisschen allein lassen.

...
SCHNIEF
Seltsamer Junge... Ungefähr Grundschulalter, schätze ich...?
N... Na, egal, gehen wir erst mal deine Mama suchen!
JA?
Ja...
Mit wem bist du hier, Aoi?
Was?
Ähm... mit einem... Bekannten?
Dein Geliebter?
Äääh... Nein!
Nicht?
Ist er denn mein... Geliebter?
ER IST DOCH NICHT MAL EIN MENSCH ...
Nein, nein, ein Geliebter ist was anderes...

...
Liebst du ihn?
Run
Was?!
Ähm...
Ob ich ihn liebe... weiß ich selbst nicht so genau ...
Wenn er bei mir ist, fühle ich mich sicher... und... wenn ich ihn lachen sehe... also ...
... dann geht es mir auch gut ...
ZOSCH
*Was erzähl ich denn einem Kind da ...?*
Hm.

Du sagst also genau dasselbe.
?
Aoi!
Mann, du kannst doch nicht einfach verschwinden!
Ah!
Ähm, Daikoku, ich hab eben...
WEG.
Huch?
Äh? Was?!

Da war ein kleiner Junge, der seine Mama verloren hatte...
Ich seh aber niemanden.
Hm... Vielleicht hat er seine Mama entdeckt?
Was war das denn?
Hoffentlich hat er wirklich nach Hause gefunden...
Willkommen zu Hause.
Äh...

NICK
Was?! Der Junge von vorhin?!
Hotei?!
...
Hote... Was?! Ist dieser Junge etwa auch ein Gott?!
Ich bin einer der sieben Glücksgötter, Hotei-son.
Mh?
Wieso kennst du ihn?
Äh... Also...
Der kleine Junge heute, der seine Mutter verloren hatte...
Seine Mutter verloren?

Von wegen! Also hör mal!
Was willst du hier?!
...
Aoi...
... ist doch Prinzessin Yagami, stimmt's?

Prinzessin... Yagami...?
Ver-schwin-de!!
Du hast es ihm nicht gesagt?
...!
Keine Antwort ist auch eine Antwort.
Das geht dich gar nichts an!
Wer...?
Wovon reden die? Mir was nicht gesagt?

Nun, du willst wohl nicht, dass er es erfährt?
Sag mal... Hör bloß auf damit!
Aber bitte, wie du meinst.
WHUPP
Ich nehme Aoi mit.
ZACK
Oh nein ...
Aoi!!
FWUPP

Das stimmt doch gar nicht...
Du willst wohl nicht, dass er es erfährt?
Ver-dammt ...
GRMPF
Aoi...

AUTSCH ...
Wo bin ich hier?
In dem Schrein von diesem Jungen?
Prinzessin.
Was?
Wah!
KNUDDEL

Ich habe mich so nach dir gesehnt.
Als ich hörte, dass Daikoku ei-nen Menschen zum Gefährten genommen hat, konnte ich es nicht glauben.
Und du bist es wirklich... Prinzessin Yagami!
PRINZES-SIN...?
Ähm... Hotei?
Wer soll denn diese Prinzessin Yagami sein?
WIESO NENNT ER MICH DAUERND SO?
...
Du erin-nerst dich wirklich nicht?

Auch nach ihrer Reinkarnation muss die Seele doch noch dieselbe sein.
Reinkarnation...?
Und... ich habe mein Versprechen gehalten!
WUSCH
Was soll das? Das höre ich zum ersten Mal.
Du hast gesagt, wenn ich einmal erwachsen bin...
... dann...
Und selbst wenn, was hat das alles mit mir zu...

Ich bin erwachsen geworden, um dir ebenbürtig zu werden...
... und ich habe die ganze Zeit auf deine Wiedergeburt gewartet...
... Prinzessin Yagami.
Fwuuuu

Hotei?!
EIN RIESE?!
Ich hatte gehofft, wenn ich dir in der Gestalt von damals gegenübertrete, erinnerst du dich.
Aber so ist es etwas anderes.
Dann ist das deine wahre Gestalt?
Genau.
WOW...
Was für ein gut aussehender Mann...
HE HE HE
Wenn du das sagst... dann bin ich froh, groß geworden zu sein.
Hihi...
Mh?

Er lacht...
...
SCHLUCK
Prin-zessin.
J... Ja?!
Äh... Aber ich bin keine Prinzessin!
ICH BIN EIN MANN!
Prinzessin ist Prin-zessin.
Ich weiß wirklich von nichts! Sogar den Namen höre ich zum ersten Mal!
KNUDDEL
Prin-zessin.
Waaah!!

NA, NA!
Hotei?!
Ich liebe dich, Prinzessin!
Endlich sehe ich dich wieder, ich habe so lange gewartet!
Halt, halt, halt!
DRÜCK
Ich hab keine Ahnung davon, und wenn du es noch so oft sagst!
Und eigentlich bin ich...
So wenig magst du mich?
D... Das hab ich nicht gesagt!
Dann...

Ich... sehe dich doch gerade zum ersten Mal, Hotei.
Du bist ein Fremder für mich.
Tut mir leid...
... aber da kann ich doch nicht sagen, ob ich dich liebe oder nicht...
...
Stimmt wohl.
Solange du dich nicht erinnerst, hilft es wohl nichts.

Dann lass uns wenigstens...
... noch mal ganz neu anfangen und einander kennenlernen.
Ich liebe dich doch schon so lange Zeit ...
Mag ja sein, aber...
O... Okay...
... ich bin nicht diese Prinzessin.

Ich kann doch darauf...
Prinzessin...
... nichts erwidern.
So viel ist passiert in dieser kurzen Zeit.
B... Bin wieder zu Hause!
RATTER
Ich komm gar nicht hinterher mit den Gedanken.
Daikoku ...?

Also...
Er ist nicht da...?
PLUMPS
Das verloren gegangene Kind aus dem Aquarium ist in Wirklichkeit der Gott Hotei...
... und er ist gar kein kleiner Junge, sondern ein Erwachsener.
Dieser Hotei liebt eine Person namens Prinzessin Yagami...
... und hat die ganze Zeit darauf gewartet, dass sie wiedergeboren wird.
Und die Reinkarnation dieser Prinzessin...
... soll ich...?

Das ist alles nicht zu begreifen.
Und glauben kann ich daran auch nicht.
Verschwinde!
Daikoku scheint aber wohl etwas darüber zu wissen.
Ach ja, wo steckt der eigentlich...
HEPP...
Aoi!!!
SCHOCK
POFF
Ich bin ja so froh!! Hat er dir auch nichts angetan?!
D... D... Daikoku!!
HAST DU MICH ERSCHRECKT!
KEUCH
KEUCH
Du bist... wieder zu Hause...

HAH
HAH
Äh... Hast du mich etwa die ganze Zeit gesucht?
Ach, das war nicht Hoteis Zuhause?
Na, sicher doch!
HAH
Du bist so plötzlich verschwunden... Und in Hoteis Schrein warst du auch nicht...
Ach so... Danke...
Ich konnte auch den Faden nicht mehr spüren...
HAH
Es tut mir leid, dass ich dich nicht finden konnte.
POFF

Ähm ...
Es ist wirklich alles okay, also...
BADUM
Er fühlt sich so heiß an...
BADUM
BADUM
BADUM
Er hat mir nichts getan.
Mh... Dann ist es gut...
Verdammt, dieser Mistkerl!
Was fällt dem ein, hier plötzlich aufzutauchen?!
Ah... Stimmt ja...
Kann ich ihn jetzt danach fragen...?
Ähm... Ich würde dich gerne etwas fragen...
Mh?
Die Sache mit Prinzessin Yagami... Als Hotei ihn darauf angesprochen hat, ist er sauer geworden...

Aber... ich kann mir nicht weiter alleine den Kopf darüber zerbrechen...
Ähm... Diese Prinzessin Yagami...
Hier-geblie-ben!!
TRAPPEL
Hilfeee, Aoi!!
Unglücks-gott!!
Was willst du von Aoi?!
I... Ich wollte ihm doch nur ein Geschenk bringen!
Du lügst doch!!

Unglücksgott...
Aoi!
SCHLUCHZ SCHLUCHZ
LANGE NICHT GESEHEN.
BLEIB WEG VON IHM!
Ich wollte dir das hier geben...
Hey, hey, hey, nicht hier reinkommen!
Das gilt für euch alle!
Aber...
Argh, Mist! In der Eile hab ich den Bannkreis ganz vergessen!
Warum sperrst du uns hier aus?!
DU BIST GEMEIN, DAIKOKU!
Genau! Es ist doch meine Pflicht, Aoi jeden Tag zu besuchen!
Von wegen!!
Wieso ist der Unglücksgott überhaupt hier?!
DER IST DOCH UNSER FEIND!
Ah, das ist schon okay so! Er ist mein Freund!
STIMMT'S?
TRIEF
Aoi...

Aoiii!!
AH!
WHUPP
ARGH
ZZZUNGGG
ARGH
Oh...
Entschul-dige... Bist du verletzt?
Nein... Alles okay, nur der Faden ist gerissen.
Nichts ist okay...!!

Mann, jedes Mal dasselbe, du lernst es auch nie!
KNACKS
KNACKS
A... Aber ich wollte ihm doch nur das Geschenk bringen!
ES GEHT WIEDER LOS...
Was?! Bist du etwa auch in Aoi...
Halt's Maul! Das ist doch nur ein Vorwand, um Aoi zu sehen!
Genau! Genau!
Das ist gemein! Da war ich wegen meiner Arbeit so weit weg und wollte endlich mal wieder ganz ohne Hintergedanken Aoi besuchen...
LÄRM
Du hast mir gar nichts zu befehlen!
DAS MUSST DU MIR NICHT ERST SAGEN!
Von wegen ohne Hintergedanken!
LÄRM
Hey, mach ihn platt, Bishamon!!
LÄRM
Am Ende hatte ich dann doch keine Chance, ihn zu fragen.

Ich bin immer noch voller Zweifel und habe so viele Fragen, aber...
...
... erst mal muss ich mir...
... eine Lösung für dieses Problem hier einfallen lassen.
Daikoku... errichte den Bannkreis wieder.
SCHLUCK
Äh... Okay!
Aoi... Ich sehe gar kein Lächeln in deinen Augen!
DAS IST GRUSELIG.
☆KAPITEL 9☆ENDE☆

KAPITEL
10
KAMISAMA ★ DARLING

Als ich nach einer schlaflosen Nacht morgens versuchte aufzuwachen...
...
Hör auf mit dem Scheiß, während ich schlafe!!
HA HA HA
Ich dachte mir, du wirst in letzter Zeit zu wenig verschnürt!
Von wegen!!
Und überhaupt, wegen mir brauchst du mich gar nicht zu verschnüren!!
... fand ich mich seit Langem (?) mal wieder verschnürt vor.
Lass das jetzt und mach mich los!
Wenn ich wieder zu spät zur Uni komme...
Heute fangen doch die Sommerferien an?!
Was?

Ach... stimmt ja.
Das heißt...
Ich kann Daikoku gar nicht mehr entkommen?!
ARGH...
...
?
Was denn?
Ah... Ach, nichts...

WHUPP
Ich geh kurz zum Convini.
Was? Ah... Okay...
Sommer-ferien...
ZIRP ZIRP
ZIIIIRP
Ist ja nicht so, dass ich gar nichts anstellen könnte... Aber wirkliche Pläne habe ich nicht.
Ich werde wohl die ganze Zeit zu Hause rumhängen.
Ich würde ja gerne mal einfach nur allein sein und in Ruhe nachdenken, aber...
Tja, zu Hause ist daran nicht zu denken.
SEUFZ

Prinzessin...
Diese Sache, von der Hotei gesprochen hat, dass ich die Reinkarnation dieser Prinzessin Yagami sein soll...
... geht mir nicht mehr aus dem Kopf.
Und ich habe es nicht geschafft, Daikoku danach zu fragen.
Aber ich kann doch auch nicht einfach so hinnehmen...
... dass ich als Mann die Wiedergeburt einer Frau sein soll.
Ich frage mich, ob Prinzessin Yagami auch eine von Daikokus Geliebten war?

Wenn das stimmt ...
... dann sieht Daikoku vielleicht...
... in mir seine Braut und seine gro-ße Liebe...
... weil ich ihre Reinkar-nation bin?
Und nicht, weil ich es bin...
Aoi!

B... Bist du allein ...?
BEB
BEB
Guten Morgen!
Im Moment bin ich allein.
PUH
A... Ah, so ein Glück!
Ich hab echt Angst vor denen...
DIE WOLLEN MICH IMMER NUR HAUEN.
Sind Daikoku und Bishamon auch nicht bei dir?
K... Keine Sorge!

Sag mal, was machst du eigentlich hier?
SO FRÜH AM MORGEN.
Du bist mit so ernster Miene hier vorbeigelaufen.
Da hab ich mir Sorgen gemacht...
...
Ähm... Ist irgendwas passiert?
Nicht wirklich.
Ä... Ähm, Aoi...
... ich bin dafür zuständig, Menschen unglücklich zu machen, und tauge deshalb vielleicht zu nicht viel.

Aber zuhören kann ich gut.
Und es würde mich freuen, wenn ich dir irgendwie helfen könnte.
Unglücksgott...
Ich hab nur Eis dabei, aber vielleicht magst du ja eins?
GERNE!
Waah, wirklich?
Er ist so ein guter Kerl.
Wie lange kennst du Daikoku denn schon, Unglücksgott?

Hm, mal überlegen.
Ich kenne ihn schon aus Zeiten, bevor man ihn Daikoku-ten nannte.
ÄHM...
Also als Ookuninushi no Mikoto?
Ja.
Das heißt...
Und weißt du dann auch, wer Prinzessin Yagami ist?
Ja.
Sie war immer mit Daikoku zusammen.
Eine wunderschöne Frau.
Also doch...
...
Ah...!
Ähm... allerdings ist sie schon vor langer Zeit gestorben!
DA BRAUCHST DU DIR KEINE GEDANKEN ZU MACHEN!

Und die beiden waren ein Paar?
SCHWITZ
Ja.
Ich glaube schon...
Es stimmt also... Wenn ich wirklich...
... die Reinkarnation von Prinzessin Yagami bin, dann...
... ist Daikoku...
Ähm... Ist doch etwas passiert?
Wo bleibst du denn?!
POFF

Mh?
!!
Sag mal!!
Bist du etwa schon wieder hier, um dich an Aoi zu vergreifen?! Du lernst es wohl nie!!
ZERRR
NEIN!
NEIN!
Wir haben doch nur geredet!!
Lügner!
Warte mal, Daikoku...
Argh!!
WIESO ISST DU DAS JETZT?!
Und überhaupt, das Eis da war doch für mich, oder?!
Daikoku!

Was ist?
AUA...
Er hat gar nichts getan!
Wir... haben wirklich nur ein bisschen geredet.
Aoi...
... es ist also doch etwas vorgefallen, oder?
...
...
Und mir kannst du es nicht sagen?

Doch, aber...
Ich... würde es ja gerne von Daikoku selbst hören...
... aber wenn ich nur daran denke, aus seinem Munde die Bestätigung für meine Vermutung zu bekommen...
...
... macht mir das solche Angst, dass ich lieber nicht frage.
Und wenn er mir bestätigen sollte, dass ich die Reinkarnation von Prinzessin Yagami bin, dann...
KRATZ
Ist es wegen dem, was Hotei gesagt hat?
SCHLUCK
...!

Das ist...
Was denn, du hast es ihm immer noch nicht gesagt?
FWUUUU
Hotei...
Entschul-dige, aber ich verschwinde lieber, Aoi!
Bis bald!
Dann solltest du das schleu-nigst tun!
Ah...
FWUPP

Aoi will es doch sicher auch wissen.
!
Also...
Ich...
Jedenfalls, Daikoku, solange du noch zögerst...
... wird das doch ewig nichts Halbes und nichts Ganzes bleiben.
...!

Oder hattest du vor, es ihm gar nicht erst zu erzählen?
SCHLUCK
Na dann...
...
... wenn das so ist, sage ich es ihm eben!
Hör auf...
Aoi ...
Ich sage es ihm!

Daikoku ...
...
Na gut.
Dann will ich mich für heute mal verabschieden.
FWUPP
...

HAH
Aber nicht hier, gehen wir nach Hause, ja?
Okay...
Ich will es ja wissen.
Nur hören will ich es nicht...
Aber...

Bevor ich anfange, eine Frage!
Willst du dir das überhaupt anhören?
Meine Zweifel werden vielleicht bestätigt...
...

Vielleicht kann ich dann nicht mehr wie bisher mit Daikoku umgehen ...
... vielleicht bin ich dann verletzt...
Ich...
... aber...
... ertrage es noch weniger, dass ich länger der Einzige bin, der nicht weiß, was los ist!
... noch schlimmer ist es, weiter ganz allein im Dunkeln zu tappen.

Prinzessin Yagami...
Yagami war...
... eine Frau, die ich einmal geliebt habe.

Es stimmt, was Hotei gesagt hat.
Deine Seele ist zweifellos ...
... die von Yagami.
Du bist Yagamis Reinkar-nation.
Oh nein...
...
Heißt das...

... du wusstest das...
... und bist mir nur deswegen begegnet?
WAR JA KLAR.
Nein.
Ich wusste es nicht.
Oder besser gesagt, in dem Augenblick, als ich dich das erste Mal sah, wusste ich es.
Aber unsere Begegnung war wirklich ein Zufall!

An dem Tag, als wir uns begegneten, hatte ich mich mit dem Unglücksgott geprügelt ...
... und habe mich verletzt irgendwie zu einem Schrein geschleppt.
Und da warst du als kleiner Junge.
Ich wusste es sofort, als ich dich sah.
Ich wusste sofort, dass in diesem kleinen Jungen Yagamis Seele lebt ...
Ich dachte, das muss Schicksal sein.

Und das, obwohl ich gedacht hatte, ich würde dich nie wieder-sehen.
Nach Hunderten von Jahren war ich dir endlich begegnet.
Daikoku...
Also kein Pädo-philer...
JETZT BIN ICH BERUHIGT.
Äh...
So bin ich doch nicht drauf!!
Und dann?
Mmh... Anfangs war ich ratlos, es war Yagamis Seele, aber du warst eben du.

Aber...
... als du mich jeden Tag so eifrig gepflegt hast...
... begann ich irgendwann, dich nicht als Yagamis Reinkarnation gernzuhaben...
... sondern weil du du bist.
Und da dachte ich mir, ich will immer bei dir sein und dich beschützen ...
... und dich zu meiner Braut machen, damit dich nie mehr jemand mir wegnimmt.
Und trotzdem ...

ÄHM...
... warst du plötzlich verschwunden.
Und als die 15 Jahre endlich rum waren...
... hattest du mich vergessen und ich war zutiefst deprimiert darüber.
Schließlich hatte ich die vereinbarten 15 Jahre gewartet.
Ich dachte, wenn du mich vergessen hast, dann muss ich dich aufgeben.

Doch dann hast du das gesagt...
Hey, du...
... hast so wunderschöne und wahnsinnig freundliche Augen!

Das hattest du genau so schon zweimal zu mir gesagt.
...
Einmal als Yagami und einmal damals als kleiner Junge.
M... M...M... Moment!
Soll das heißen...
... wir sind uns an dem Tag begegnet, als ich betrunken am Schrein war?!
Ja.
Im Ernst?!
Aber das hast du auch komplett vergessen.
ICH KANN MICH NULL DARAN ERINNERN...
Aber als ich das hörte, war ich mir sicher.

Ich wusste jetzt, dass du derjenige bist, den ich liebe.
In welcher Gestalt, spielt für mich keine Rolle, Vergangenheit und Gegenwart zusammengefasst...
... bist du es, den ich will.
...
...
HAH
Ich hätte es dir doch nicht erzählen sollen...

Ja, ich habe Yagami früher einmal geliebt...
... und Auslöser dafür, dass ich mich dir zugewandt habe, war natürlich, dass du ihre Seele bist.
Das kann ich nicht abstreiten.
Aber...
... ich habe mich nicht in dich verliebt, weil du Yagamis Reinkarnation bist.
Wenn das so ist... Warum hast du mir dann...
... nichts von ihr gesagt?
Weil ich dachte, du würdest dir dann sicher den Kopf darüber zerbrechen!

Und denken, ich würde nur sie in dir sehen!
Und dass ich dich nur liebe, weil du ihre Reinkarnation bist!
BADUM
Deshalb dachte ich, solange es nicht nötig ist, sage ich es dir nicht.
Ich hätte es auch nicht getan, wenn Hotei nicht davon angefangen hätte.
Aber nicht weil ich es vor dir verheimlichen wollte.
Sondern weil ich dachte, du brauchst das nicht zu wissen.
Weil du für mich nur du bist.

Ich verstehe, was er sagen will, und auch, worüber er sich Gedanken gemacht hat.
Ich verstehe es, aber ...
Mir... wäre es lieber gewesen, du hättest es gleich gesagt.
Dass nur ich nichts davon weiß, obwohl es doch um mich geht... das ist gemein!
Ähm... Also...
Das...
Was...?
Eigentlich gibt es in meinen Gefühlen einen entscheidenden Unterschied zwischen Aoi und Yagami, weißt du.

Einen Unterschied ...?
Ja. Mit Yagami wollte ich nie ins Bett!
Hä?!
Obwohl du sonst mit jeder im Bett warst?!
Lass das doch mal!!
Das kann ich echt nicht mehr hören!!
Auch wenn es dieselbe Seele ist ...
... dieses unerträgliche Verlangen aus lauter Liebe, das mich so heiß auf dich macht...
... spüre ich nur bei dir.

Das Verlangen, dich zu küssen, und das Verlangen, mit dir zu schlafen...
... spüre ich ausschließlich ...
... bei dir, Aoi.

Mh!
Warte... Daikoku!
SCHMATZ
SCHMATZ
Ich sagte doch, es ist ein unerträgliches Verlangen!
Auch jetzt!
Ich versteh es ja selbst nicht.
Ah!
Mich überrascht es genauso.
ZUCK

...!
ZUCK
Ah!
Wenn sich durch meine Berührungen dein Blick plötzlich so verändert...
ZACK
... macht mich das unfassbar glücklich.

Mh...
Hah...
Hah...
Nur bei mir...?
Wirklich?
ZUCK
Hah...
Ah!
ZUCK
Dabei bin ich doch nicht mal besonders gut ausse-hend...
... und kann auch nichts Besonderes ...
Und doch...
HAH

...
Mh? Was ist? Hab ich dir wehgetan?
A... Alles gut...
Ich hab ihn dabei nie so genau angesehen...

Hat er dabei... immer diesen Blick...?
...
DRÜCK
Er sieht wirklich wahnsinnig glücklich aus.
Uuh...
Mann, es ist mir peinlich, ihn von mir aus zu umarmen...
ZOSCH
Wenn ich ihn mit diesem Blick sehe, kommt es mir lächerlich vor...
SOGAR DEINE OHREN SIND KNALLROT!
... was für Zweifel ich hatte.

DING DONG
DING DONG
DING DONG DING DONG DING DONG
Ruhe!!
RUMMS
ALSO HÖR MAL, DAIKOKU!
Wer da?!
Du bist also doch da!
Orgs.
Aoi!
ICH HAB MICH SO NACH DIR GESEHNT!
Benzai-ten und Bishamon!

Mann, Daikoku, du hast doch schon wieder einen Bannkreis errichtet?!
WARUM SPERRST DU UNS JETZT AUCH NOCH AUS?!
Weil ihr hier ständig uneingeladen auftaucht!
UND JETZT LÄUTET IHR AUCH NOCH AN DER TÜR!
SEUFZ
So macht der Bannkreis auch keinen Sinn ...
Aoi, es ist so schönes Wetter, wollen wir rausgehen?
Lad ihn nicht einfach ein!
GYAH
Also ans Meer will ich aber mit Aoi alleine!
GYAH
Vergiss es! Ich komme mit!
Entschuldigt die Störung, aber...
Oh ja, ich will ans Meer! ♡
UND EINEN BIKINI ANZIEHEN!
Sag mal?! Du bist doch ein Mann!

Hotei?!
Habt ihr geredet, Daikoku?
Äh, was willst du denn hier, Hotei?!
Ja... Ich habe ihm alles erzählt.
He, sag mal, Daikoku?!
Sag bloß, du bist auch hinter Aoi her, Hotei?
AH HA HA
Du, halt endlich mal die Klappe!
So ist es.
Ich habe doch so lange auf die Wiedergeburt von Prinzessin Yagami gewartet.
Wiedergeburt?!
WAS?!
Und diesmal wird die Prinzessin mein sein.

Aber das hier ist Aoi!
Das ist für mich dasselbe.
PATSCH
Ist es nicht! Und Aoi gehört mir!
Dann muss ich ihn dir eben wegneh-men.
Oho, sehr gut, dann komm doch!
Halt, halt, halt! Aoi ist aber doch meine Braut!
WAS REDET IHR DA?
Oh Mann!!
Sei du bloß still, das wird mir echt zu blöd!!
Ich kämpfe auch ge-gen euch alle.
Ich sagte doch, er gehört mir!
A...

Aber Aoi und ich...
OH, DER UNGLÜCKSGOTT?
D...
Du?! Da haben wir's, du bist also doch hinter Aoi her?!
GRMPF
Äh...
HAH
Also...
Jetzt mach ich dich aber endgültig platt!!

Nimm daaaaas!!
GYAH
...
Keine Angst, Aoi.
Ich geb dich nicht her.
Tag für Tag das reinste Chaos hier.
BA DUM

Prinzessin, vergiss doch diesen Idioten und komm mit mir...
Ah! Was machst du denn noch hier?!
Sag mal, warum bist du eigentlich noch klein, Hotei?
Das ist doch jetzt egal!
Das ist schon zum Alltag geworden.
DANN VERSCHWINDE DU AUCH!
NEIN! DIESMAL WIRD DIE PRINZESSIN MEIN SEIN!
GRUMMEL
Es gibt noch vieles, das ich nicht verstehe, aber jetzt im Moment...
Ach Leute, das ist doch öde, ich will endlich ans Meer!
GRUMMEL
... ist meine größte Sorge, dass mein Haus zerstört wird!
WAAAAH
Sei doch still! Dafür ist jetzt keine Zeit!
KNARZ
KNARZ
Alle raus hier!!
★KAPITEL 10★ENDE★

POFF
BAMM
Jeden Tag dasselbe Theater hier!!
Ver-schwin-det!!
KAPITEL 10.5
KAMISAMA DARLING
SEUFZ
Oh Mann.
Die lernen es nie!
Aber in Tiergestalt könnten sie ruhig immer hier sein!
SCHMACHT
Also hör mal!!
Sag doch nicht so was, du hast doch mich!
WAS?
Aber du willst ja nie in Tierge-stalt sein...
Von wegen!!
POFF
GUCK!

HYAAAAH♡
So süüüß!!
Uh...
Schlaf heute in der Gestalt bei mir im Bett!
Ah, aber das geht ja nicht, ich zerdrück dich noch.
Dann verändere ich eben meine Größe.
Das geht?!
Bei Aoi im Bett ...
Äh, ja.
SCHNAUB
Dann bitte in Schmuse-kissen-größe!
POFF
So?
!!
SPRACH-LOS VOR BEGEISTE-RUNG
Okay, gehen wir ins Bett!

HAAACH! ♡
So kuschelig! ♡
FUMMEL
FUMMEL
FUMMEL
FUMMEL
Äh, Aoi...
Die Ohren sind auch so mollig weich!
He!
KRAUL
KRAUL
KRAUL
ZUCK
Sag mal!
Bleib bitte für immer in Tiergestalt!
Uuh! ♥
ZUCK
Hörst du mal auf damit?!
POFF
Ah.

Warum hast du dich zurückver-wandelt?!
KEUCH
KEUCH
Na, warum wohl!
Du kannst doch nicht so an mir rumfum-meln!
Oder du musst die Kon-sequenzen tragen!
ÄH...
AAAH! NEIN!
Dai-koku!
Wieso... Du warst doch so schön kuschelig!
Sei still! Du hast gesagt, ich soll bei dir schlafen!
ZERR
Aber doch nur als Tier!
Uah!

N... Nicht!
Ah?
Ich will heute mit einem Fuchs schlafen!
...
Wenn du kein kuschliges Fell hast, will ich nicht! Ohren! Schwanz!
FUCHS!
KRATZ KRATZ
Mann, echt!
POFF
Waaah, da wächst was!!
Das reicht ja wohl als Kompro-miss!
POFF

...!!
KITZEL
Ah...
Aaah ...
WILLENLOS GEWORDEN.
WEDEL
U... Uuuh... Das ist irgendwie komisch!
SCHLECK
WEDEL
SCHLECK
Komisch ist das schon, aber... unwiderstehlich...
SO KUSCHELIG...
FUMMEL

ZUCK
ZACK
!
He!! Lass das!!
Was?
Nicht da an-fassen!!
Dann hat Dai-koku also auch eine Schwach-stelle?
FUMMEL
FUMMEL
Aoi!
...!
GLITSCH
!!

Na gut.
Fass mich nur da an, wenn du es willst!
H... He!
Dafür darfst du dich aber auch nicht beschweren!
HAH
Beschweren ...?
Ah...
Ah!
WHUPP
Aaah ...!

Mh!
Ah!
FLUTSCH
Mmh!
Mh!
FLUTSCH
Hey, du willst mich doch da anfassen?
Hah ...
Mach ruhig, so viel du willst!
Hah ...
Hah ...
HAH
Das ist doch schön kuschelig, so wie du es magst?
HAH
Ah!
Aber... Ich komm nicht...

♡
Ist...
... jetzt auch egal ...!
Am nächsten Tag
AAAH
Aoi...
... schlafen wir zusammen im Bett?
Na klar!! ♡♡
Das war ja ein Kinderspiel ...
Aoi lernt auch nicht dazu.
★KAPITEL 10.5★ENDE★

# Special Thanks!

meinem
Redakteur,
den Designern,
Mansei-san,
Hakuya-san

Hallo, guten Tag, ich bin Kyoko Aiba. Vielen Dank, dass Ihr Band 3 von »Kamisama Darling« gelesen habt! Jetzt sind schon fünf von den sieben Glücksgöttern aufgetaucht! Es hat echt Spaß gemacht, mal einen in Kindesgestalt inmitten all der riesig großen Kerle zu zeichnen.

Es gibt für die Leser noch ziemlich viele Fragezeichen, schätze ich, Ihr könnt Euch aber auf die weitere Entwicklung freuen!

(Übrigens sind die Blumen, die Bishamon immer für Aoi mitbringt, alle selbst gepflückt.)

Kyoko Aiba

# Sexy Boys und wilde K

## ACID TOWN

**von Kyugo**

Als **Yuki** und sein **bester Freund Tetsu** einen Einbruch begehen, um die Krankenhaus-Kosten von Yukis kleinem Bruder zu finanzieren, erwischt sie der **Anführer der lokalen Yakuza**. Er macht Yuki **ein Angebot**, das dieser nicht ablehnen kann. Yuki nimmt die Offerte an, **ohne an die Folgen** des Deals zu denken ...

## Ein melancholischer Morgen

**von Shoko Hidaka**

Nach dem Tod seines Vaters wird der zehnjährige **Baron Akihito** in die Obhut des Haushofmeisters und Familienbutlers **Tomoyuki Katsuragi** gegeben. Dieser gibt sich kühl und erzieht den jungen Mann mit Strenge...

## Kigurumi planet

**von Ellie Mamahara**

Student **Daisuke** und der große, **pinkfarbene Hase Arita** scheint das Schicksal miteinander verbunden zu haben, so innig und gefühlvoll sind die **Zufallstreffen** der beiden. Doch wer ist der Mann hinter dem Hasenkostüm, **wer ist dieser Arita wirklich?!** Eine schräge Geschichte für Comedy liebende Boys-Love-Fans.

## HIDDEN FLOWER

**von Shoko Hidaka**

Der gestresste Marketing-experte **Kazuaki Sakurai** hat eine schicksalshafte Begegnung am Bahnhof – dort trifft er den verschlossenen und abweisenden Studenten **Youichi**, der eine geheimnisvolle Anziehung auf ihn ausübt.

## Sekaiichi Hatsukoi – Die Story von Ritsu Onodera

**von Shungiku Nakamura**

**Ritsu Onodera**, seines Zeichens junger und dynamischer Lektor für Belletristik, nimmt eine Stelle beim Marukawa Verlag an, bei dem auch der berühmte Autor **Usami Akihiko** seine Bücher veröffentlicht. Doch zu seinem Schrecken landet er nicht wie gewünscht im Belletristik-Lektorat, sondern im rein männlichen Redaktionsteam des Shojo-Mangabereichs...

## Calling

**von Kano Miyamoto**

Als **Keigo Shiki** im Club trifft, ist er wie elektrisiert. Er springt über seinen Schatten und **spricht den jungen Mann an!** Doch zu seinem Leidwesen muss er feststellen, dass der **überhaupt nicht** auf Männer steht und das **ganze Geflirte umsonst** zu sein scheint ... Oder?!

# HALT!

Dieser Comic beginnt nicht auf dieser Seite.

KAMISAMA★DARLING ist ein japanischer Comic. Da in Japan von »hinten« nach »vorn« gelesen wird und von rechts nach links, müsst Ihr auch diesen Comic von der anderen Seite aufschlagen und von »hinten« nach »vorn« blättern. Auch die Bilder auf jeder Seite und die Sprechblasen innerhalb der Bilder werden von rechts oben nach links unten gelesen. Schwer? Zuerst ungewohnt, aber dann geht es ganz einfach. Probiert es aus!

Viel Spaß mit KAMISAMA★DARLING!

FSC® www.fsc.org
MIX
Papier aus verantwortungsvollen Quellen
FSC® C083411

CARLSEN MANGA

Aus dem Japanischen von Dorothea Überall
KAMISAMA DARLING Volume 3

First published in Japan in 2016 by KADOKAWA CORPORATION, Tokyo.
German translation rights arranged with KADOKAWA CORPORATION, Tokyo through TOHAN CORPORATION, Tokyo.
Redaktion: Britta Harms
Herstellung: Björn Liebchen

ISBN: 978-3-551-72228-7